震災、自然、人間

水丘曜一

文芸社

震災、自然、人間◇もくじ

第一章　震災と人間　9

第二章　自然と人間　37

第一章

震災と人間

巡り来る日

巡り来る日の
風まだ寒く
春なお浅し
三陸の海

手向けし花に
時もたたずみ
変わりし庭に
在りし日をさがす

ここに立ちておもう
それぞれの悲しみ
それぞれの痛み
それぞれの苦しみ

海の底にさまよう
数知れぬ叫び
数知れぬ嘆き
数知れぬ無念

遠く見つめる瞳
砂の上に残す足跡
潮騒の響き

寄せ返す波

語りかける言葉
聞こえてくることのない声
青く深き海は
忘れな草の花の色

2011・3・11

何物がひそむか
三陸の大海原
その深き奥底
暗黒の地下に
はてもなくせめぎ続ける
東と西の大巨岩

東から巨大な重量で持ち上がってくる
大岩塊と

西から巨大な重量で押さえ込んでくる
大岩塊
両者の角遂自《おの》ずからなるまま極まりゆき
はてなく膨張する力
ついに極限に向かって放たれるところ
地変じ海鳴動す

たぎり立つ海面の激動天空を圧し
千丈の波四方に逆巻く
猛き波の咆哮大海を走り
千里の巨浪
はてしなき轟きとなりて押し寄せる

見よ

潮が異様に引いてゆくのを
どこまでも引いてゆくのを
海鳥が群れ騒ぐ
洋上に激しく群れ騒ぐ
異変東にきざし
不穏の気配沖に漂い
緊迫の大気彼方の空を覆う

午後の陽傾き
一瞬の静寂流れる時
東の空影きざし
水平線にわかにざわめく

洋上に異様な波

壁のごとく持ち上がってくる波
巨大な波濤空中に逆巻き
異常に膨らんだ波が押し寄せてくる
ただならぬ様相をして押し寄せてくる

駄目だ
逃げよ
そいつは尋常のものではない
直ちにそこを逃げよ
憶測も独断も頭から捨てよ
人智になぞ頼っても役には立たぬ
逃げよ
ただひたすら高きに向かって逃げよ

大自然の仮借なき定めか
それとも野放図な文明への警告か
持ち上がる巨流
たちまちにして地上を飲み込む
えぐる波壊す波襲う波
たたく波倒す波つぶす波
追う波さらう波引きずる波
かぶさる波巻き込む波沈める波
はがす波砕く波奪う波…

鉄骨折れ曲がりコンクリート砕け散る
壁裂け柱折れ屋根つぶれ家木屑となる
橋落ち道割れ線路千切れ岸壁ひしゃげる
木々おもちゃのごと引き抜かれ

ガードレールねじれからまり
船ビルに乗り上げ
トラック柱にめり込み
車ガラス窓に突き刺さる

狂瀾怒濤おもむくままにものみな破壊し
築き上げし世界
一瞬の海の藻屑となりて消え失せる
逃れし者ただ立ちつくし
あてどなく視線を遠くさまよわせる
時の一瞬の差が分けた生と死の境に
互いの命の絆は引き裂かれ
吹き抜ける風の向こうに
呼ぶ声も空しく消え去りゆく

狂乱の時去りゆき陽落ちぬ
残りしは
累々たる破壊の残滓
戻らぬ昨日
永遠に帰らぬ日
募りくる絶望三月の夜の闇にいよいよ深く
明日の日の閉ざされし地に
ただ鎮魂の
雪降り積む

女川

栄えある我等が海は
降り注ぐ陽の光にコバルトに輝き
遠くどこまでも
空の彼方へと広がっていた

入江には深く潮が満ち
出漁のエンジン音は高く響き
船べりには悠然と海鳥が飛び
幾つもの大漁旗が風に翻っていた

はるかな父祖の代より
船をあやつり網を引き
幾代にもわたり
この海と生きてきた人々

浜は栄えて町が出来
ビルが建ち商店街はにぎわった
港は活気に満ちあふれ
山すそを埋めて町は発展した

日々の糧を得ることも生きる証も
今日を積み重ねてゆくことも
明日を作り出してゆくことも

この海と共にあったのだった

異変のきざしはその日どこにも見えなかった
太陽は雪雲の背後に隠れていたが
それだけだった
午後はいつものように過ぎようとしていた

日常はしかし時としてあらざる日常となる
それは一瞬の驚愕と戦慄として訪れ
その瞬間に時は断絶する
だが何人もその時を知らない

雲の上で陽が西に傾こうとしていた
そして突如巨大な揺れが襲ってきた

大地が跳ね飛び山が震え
地響きが音を立てて大気を突き抜けた

時計の針が午後二時四十六分を指し止まった
そして別の時間がそこから動き出した
町はその姿をまだ保っていたが
しかし海は異様な静けさに包まれていた

警戒の中で緊張が高まっていった
警報がさし迫った脅威を伝えていた
避難が始まっていた
しかしそこに来たものは想像を絶していた

水平線が不意に空中に持ち上がった

その背後から巨大な波の壁が突進してきた
入江が急激に膨張していった
そして一瞬の後港が消えていた

襲いかかった波は巨大な渦となって町並みを飲み込み
人々を飲み込み
山すそをえぐり
そしてそこにあった全てを破壊した

えいえいとして築き上げてきたものが
一瞬の間に消え去り
後に残ったものは
ただ絶望と無となった町だった

海よ何故にかくも荒ぶるのか
それが自然のあらがえぬ定めだとでも言うのか
それとも文明の野放図な繁栄への警告だとでも言うのか
答は今もこれからも分かりはしないだろうが

北上川２０１２

川面は今日も穏やかにさざ波を浮かべ
水は今日も常なるもののごとく流れる
魚は今日も自由に水中に泳ぎ
海鳥は今日も何事も無きかのように岸辺に羽ばたく

賑わいと活気を乗せて船は行き交っていた
店々の明かりも工場の明かりも川面に揺れていた
東側には遠く家並が続き
西側にも遠く家並が続いていた

喧噪とざわめきにあふれていた日々は今無い
家路をたどった者たちも家々の窓のともしびも今無い
積み重ねられてきた日々は消え去り
笑い声も語らいも安らぎも消えてしまった

うち捨てられた土台破壊されたままの家屋
どこまでも高く積み上げられてゆく瓦礫の山
思い出すら変わりはててしまった風景の中に
雑草だけが今も昔と変わらずに生い茂ってゆく

福島

山も川も汚染された
木も草も汚染された
森も林も汚染され
田も畑も家も道路も汚染された

死の運搬人たちは音もにおいもなく降りおち
いたる所に見えない恐怖をまき散らした
人々はひたすら遠くへと逃げ
一夜にして村も町も放棄された

雨が降っても風が吹いても死は去らず
陽が照りつけても霜が降りても死は去っていかない
夏になっても秋になっても戻れず
一年が過ぎても二年が過ぎても戻れない

あの空の下の故郷この道は我が家へ続く道
けれど帰ることはできない
どんなに思いが募ろうとも
ここから先は立入禁止

この道
―福島―

この道は
いつか来た道
ああそうだよ
放射能の
黒い雨だよ

あの雲も
いつか見た雲

ああそうだよ
爆発の
きのこ雲だよ

※この作品は、北原白秋「この道」に基づくものです。

楢葉町２０１４年秋

青い空の下に
道が続いている
柿の木はたわわに実り
やわらかに陽射しが降り注いでいる

けれど田は実らず
畑も実らない
一面に生い茂るのは
黄色く揺れるセイタカアワダチソウ

荒れた海べりの道に
波音が響く
破壊された家の中を
潮風が吹き抜ける

津波の突き抜けた時のまま
雑草の中に打ち捨てられた家々
河口には
橋脚だけになったままの橋

野ざらしのまま置かれている
おびただしい数の黒い袋
囲いの中の緑色のカバーの下にも

おびただしい数の黒い袋

ブルドーザーの音が響き
クレーンの音が響く
そこにも向こうにも作られてゆくのは
増え続けてゆく新たな除染置場

線量計が放射能を刻む常磐線竜田駅
ここが終点の駅
その先の線路は雑草に深く覆われ
第二原発へ向かう富岡駅に続いている

阿武隈の山並に秋の陽が落ちてゆく
家々の灯りの消えたままの町並を

夜の闇がひっそりと包んでゆく
ここは今帰還への避難指示解除準備区域

故郷

帰らざる時は流れ
今日もまた異郷の空
浮かびくる思い出は
遠き日の我が家の灯

幼き日親しみし
青き山澄みし川
忘れ得ぬ故郷よ
いつの日か帰りゆかん

第二章

自然と人間

早春

冷たい風の中で
水仙の花が揺れている
雪解けの水が流れる川べりで
ネコヤナギが
銀色の花芽を膨らませる
根雪の解けた黒い土の上に
フキノトウが
黄緑色の花茎をもたげ
山には

コブシの白い花が咲き出している
冬の試練を乗り越えた
早春の使者たち
大地が
生命の新たな息吹を告げている

春に

うるわしき春
陽ざしはあふれ
風渡る空に
季節はきらめく

川べりの道
咲きにおう桜
水面に映る
淡き花影

風に吹かれて
どこまでも行こう
草萌える野に
菜の花は揺れる

森に分け入り
耳を澄まそう
梢に高く
鳥は鳴きかう

山里を行けば
小川のせせらぎ
雪解けの畔に

黒き土の香

丘を越えて
見知らぬ町へ
異郷へいざなう
白壁の小道

城址に立てば
風はそよぎ
時刻む句碑に
花びらは舞う

村にも町にも
それぞれの春

野のスミレにも
小さき春

水無月

ひんやりとした風が流れる
雨上がりの夕暮れ
赤くたなびいた雲が
色褪せ青い影となっても
なお暮れきらぬ
六月の長き黄昏

夜が忍び寄り
闇が地上を包むと

草のにおい濃くたちこめ
彼方の水音が勢いを増してゆく
湿った大気が膨らみ
雲が重く空を覆うと
地平に響く蛙の鳴き声が
雨を呼ぶように
一段と高まってゆく

水無月は水月
明日もまた雨

月見草

夕靄の
たちこめし
野の道を
歩み行けば
風は止み
森は静む

夕靄に
沈みゆく

野の風情
何かしらに
なつかしく
思わずに
歩止めて
身ひたせば
草のにおいの
濃く漂う

歩み出せば
おぼろ気に
浮かびくる
黄色き花
月見草

道のべに
咲き群れて
夕靄に
浮かびつつ
夕靄に
溶けこみつ
かなた
こなたに
遠く
近く
ひとつ
ふたつ
みっ
よっ…

見渡せば
咲きにおう
花の群れの
どこまでも
続きゆく
夕暮れの
野にありき

誰が呼びし
月見草
ひそやかに
宵に咲く
ほの淡き

花の色は
月の色

ざわめきの
消えし野辺
ざわめきの
消えし時
ひと時の
静けさを
花に映し
何想う
野の夕べの
月見草

カミニート（小径）

※これは「ともしび合唱団」の歌う「カミニート」を聴いて、曲感のイメージをショートストーリーにしてみたものです。

「カミニート」

カミニートよ
愛の小径
二人あゆみし小径
君の胸に寄りて
えみし忘れ得ぬ径

白き花こぼれ咲きて
細き径ににおう
花の今は散れど
今も夢の消えず

思い出の細き径
夢をしたいて
さまよえど
君の影
今はなく
胸にせまる
さびしさよ

——ともしび歌集より

あれから幾日が過ぎたのだろう。昨日もはかなく過ぎ去り、今日もまた、ただはかなく過ぎ去ろうとしている。一人窓辺に佇むと、すみれ色に暮れてゆく空に夕星が瞬き、黄昏のひそやかな静けさが、あてどない思いを押し包むように、ひっそりと胸に忍び寄ってくる。

夏が終わろうとしている。頬を撫でる風に微かに秋が揺れ、すだく虫の音に、移ろいゆく季節のそこはかとない気配が交じっている。過ぎていく季節は、けれど、いつも帰らぬ日への思いを胸に運んでくる。まるで見果てぬ夢を追い求めさせようとでもするように。

ほの暗い影の中に歌声が流れてゆく。黄昏の時間を埋めるように流れてゆく。その歌に一人身を浸すと、思い出が今日もまたはかなく揺れ、過ぎた日が忘られぬ面影を呼び戻すように、この孤独な胸に甦ってくる。切なくも甘く悲しく胸をしめつけてくるその歌……

カミニートよ　愛の小径
二人あゆみし小径……

あの日も初夏の風が夕暮れの小径にそよいでいた。木々の枝はささやくように揺れ、草の葉は踏みしめる二人の足元にやわらかく弾んでいた。

君の胸によりて
えみし忘れ得ぬ径……

影が淡く小径に落ち、寄りそう二人の肩が触れた。そっと微笑みを交わし合うと、まなざしの中に互いに通い合う心が揺れていた。

白き花こぼれ咲きて
細き径ににおう……

あれは沙羅の花。花は影の中に白く浮かび、におうように小径に咲きこぼれていた。

花の今は散れど
今も夢の消えず……

もう花は散ってしまった。でもそれは季節の定め。けれどあなたも行ってしまった。あのひとに連れ去られるようにして。夢はでも今も消えずに残り続けている。まるでそれが心の定めとでもいうように。

思い出の細き径
夢をしたいて　さまよえど……

あの小径を今日もまた一人歩いた。あなたが不意に向こうからやって来て、微笑んでくれるような気がして。

君の影　今はなく

胸にせまる　さびしさよ……

けれどあなたの姿は今日もなく、孤独な胸にさびしさが募るばかりだった。

――・――

高原にさわやかに風は渡り、白樺の林は見渡す限り一面の緑にそよいでいた。林道を歩むと梢に高く鳥は鳴き、木洩れ日は、幾筋もの縞模様を作って、木々の間にきらめいていた。

丘に上ると湖が足元に青く広がり、彼方には急峻な頂の峰々が空高くそびえ立っていた。陽射しを受けた峰は黒い岩肌に深い陰影を刻み、所々に雪渓が白く輝いていた。

あなたと会ったのは湖のほとり。あの日湖水を渡る風が木陰を涼しく吹き抜けていた。あなたはその木陰に立ち、一心に絵筆を動かしていた。カンバスには湖面に影を映す木々が描かれ、あふれる緑が強い印象となってわたしの目にせまってきた。じっと見ていると、あなたは「セザンヌの緑が好きなんだ」と言った。それでわたしも「モネの絵が好きです」と言って、わたしたちは互いに微笑み合った。

それからわたしたちは親しくなり、湖岸の道を歩いたり、見知った木々や草花に親しんだりして、弾んだ会話を交わした。湖水にボートを浮かべると、風がさわやかに頬を撫で、あなたの漕ぐ櫂の先に、軽やかに水が弾けた。飛沫は陽射しにやわらかくきらめき、ボートは二人を乗せて、ゆりかごのようにゆらゆらと漂った。

夕暮れの丘に上ると、空は燃え立つような紅に染まっていた。峰々の背後に沈んだ陽が、稜線の縁に最後の金色の残光を放ち、その上方にはオレンジ色やバラ色や真紅や深い赤が、色彩の壮大なコントラストを作りながら、どこまでも広がっていた。丘の上に遮るものはなく、わたしたちは佇んで、しばらくの間その大自然の作り出す神秘的な色彩の美に見とれた。

それからふもとに続く小径を、肩を寄せてたどった。ちょうど沙羅の花が咲き出していた。あたりはようやく黄昏の影が落ち始めていたが、花はその影の中に、まるで淡い灯を点したように、ほんのりと白く浮かび上がっていた。

わたしたちは毎日会うようになり、あなたはわたしを絵のモデルにした。そして夕暮れになると小径を通って丘に上り、燃え落ちてゆく真っ赤な夕陽をながめた。夕映えは空も地も丘の上もわたしたちの姿もみな赤く染め、連なる峰々は黒く荘厳な姿を、壮大なシルエットのように、はるかな空の際に浮かび上がらせていた。

夏の日はそうして一日ごとの思い出を刻んで過ぎていった。そしてその一つ一つに夢のしずくが朝露のようにきらめいていた。その夢が奪い去られることは、決して考えることのできないことだった。けれど現実は、時として夢を悪夢に変えてしまう。

あの日、青く晴れ渡っていた空に不意に黒雲が湧き立った。雷鳴が轟き、稲妻が激しく光り、雨がひとしきり大地をたたいて通り過ぎた。そしてその後に突然あの女のひとが現れた。その時のあなたの驚いた表情には、どこか覚悟したようなものがあった。

きれいな人だった。でも厳しい目をして、気位の高そうな、どことなく近寄り難さを感じさせる人だった。「僕を連れ戻しに来た」とあなたは言った。そして、行かなければならないと肩を落とした。「誰なの」とわたしは聞いた。でもあなたは苦し気に首を振り、「済まない、今は何も聞かないでほしい」と言うばかりだった。その切な気な表情を見ていると、わたしには、もうそれ以上のことを聞く勇気はなかった。あなたはあのひとと去ってゆき、突然訪れた別れに、わたしはただあなたのさびし気な後ろ姿を見送って、空しく胸を痛めることしかできなかった。

あなたの描いてくれた肖像画の中にわたしが微笑んでいる。幸せそうに微笑んでいる。でもこの微笑みはあなたの微笑み、あなたがわたしの中で微笑んでいる。そしてこのわたしの幸せの中にあるのも、あなたの幸せ。だから、わたしのこの孤独の中にあるのはあなたの孤独。わたしが今孤独でいることをあなたは知っている。あなたが今孤独でいることをわたしが知っているように。あの女のひとと去っていった時のあなたの後ろ姿には、さびしさしかなかった。それが何よりもはっきりと、あなたの心を告げていた。

窓辺を伝うように歌が流れてゆく。黄昏の中をぬうように歌が流れてゆく。歌はけれど、いつも思い出をやさしく慰めてくれる。だから今わたしにできることは、この歌声の中に思い出のかけらを浸すこと、そしてこの孤独な思いの訪ね先を探すこと。たとえあなたの元に今は遠すぎてこの歌声が届かずとも……。

白き花こぼれ咲きて
細き径ににおう
花の今は散れど
今も夢の消えず
思い出の細き径

夢をしたいて　さまよえど
君の影　今はなく
胸にせまる　さびしさよ

――・――

もうすぐ秋。わたしもここを去ってゆく。木々は色づき、枯れ、やがて冬が全てを白く閉ざすだろう。雪は深く降り積み、小径を埋め、わたしたちの足跡を埋め、思い出もまた埋めてしまうだろう。
けれど春になれば雪は解け、木々は再び芽吹き、思い出もまた甦ってくる。だからわたしは信じている。あなたがわたしの元へ戻ってくることを。そよ風の季節になればわたしたちはまた巡り合い、そして再びあの小径を歩むだろう。肩を寄せ、微笑みを交わし、思い出を語り合いながら。きっと……。

初秋

昼の暑さが消えた
夕暮れの小径
影が長く伸び
虫は草陰に鳴き
風涼しく頬を撫で
キンモクセイの花甘く香る
木立に沿い歩み行けば
移りゆく季節はもう秋

秋

1

深まりゆく秋
長き夜は更け
窓辺に一人想えば
我が愁いは闇に果てなし

過ぎ去りし日
去りゆきし影
思い出はさまよい

面影は今日もまた闇をさすらう

2

木々の葉は落ち
草は枯れ
霧は冷たく野を濡らし
霜は白く地を覆う

さびしき庭
虫の音も絶え
何を想うか白菊
一つ残りて咲きにけり

郵便はがき

料金受取人払郵便

新宿局承認

3971

差出有効期間
2022年7月
31日まで
（切手不要）

1 6 0-8 7 9 1

141

東京都新宿区新宿1－10－1

(株)文芸社

愛読者カード係 行

ふりがな お名前			明治 大正 昭和 平成 年生 歳	
ふりがな ご住所	□□□-□□□□		性別 男・女	
お電話 番 号	（書籍ご注文の際に必要です）	ご職業		
E-mail				
ご購読雑誌（複数可）		ご購読新聞 新聞		

最近読んでおもしろかった本や今後、とりあげてほしいテーマをお教えください。

ご自分の研究成果や経験、お考え等を出版してみたいというお気持ちはありますか。

ある　ない　内容・テーマ（　　　）

現在完成した作品をお持ちですか。

ある　ない　ジャンル・原稿量（　　　）

書　名			
お買上書　店	都道府県　　　　市区郡	書店名	書店
		ご購入日	年　　月　　日

本書をどこでお知りになりましたか?

1.書店店頭　2.知人にすすめられて　3.インターネット(サイト名　　　　　　)

4.DMハガキ　5.広告、記事を見て(新聞、雑誌名　　　　　　)

上の質問に関連して、ご購入の決め手となったのは?

1.タイトル　2.著者　3.内容　4.カバーデザイン　5.帯

その他ご自由にお書きください。

(　　　　　　　　　　)

本書についてのご意見、ご感想をお聞かせください。

①内容について

②カバー、タイトル、帯について

弊社Webサイトからもご意見、ご感想をお寄せいただけます。

ご協力ありがとうございました。

※お寄せいただいたご意見、ご感想は新聞広告等で匿名にて使わせていただくことがあります。

※お客様の個人情報は、小社からの連絡のみに使用します。社外に提供することは一切ありません。

■書籍のご注文は、お近くの書店または、ブックサービス(0120-29-9625)、セブンネットショッピング(http://7net.omni7.jp/)にお申し込み下さい。

面影

風が思い出を揺らす
まるで死にゆく夢へのレクイエムのように

日が落ち
虫の音が寂しく響く

月寒く
白菊一つ残りて霜に咲く

霧枯れ野を浸し
寂寥漠として漂う

鏡に映るはかなき夢の傷あと
忘れようとしてなお残る過ぎ去りし日の痛み

風も無く葉は落ち
風も無く夢は散る

けれどなお仄燃える胸の残り火
深き夜にあざやぐその面影

山

一歩進む
足が深く雪に埋まる
また一歩進む
また深く足が雪に埋まる
重いリュックが肩に食い込み
熱い汗が背を濡らす

はてしなくラッセルをくり返してゆく
どこまでも続くだらだらの道

胸まで深く雪に埋まり
這うようにして登る急斜面
立ち止まれば
凍てつく風が身を凍らせ
木の間を抜ければ
吹きすさぶ雪が行く手をさえぎる

幾夜もビバークを重ね
幾日も雪洞で吹雪の日を送る
幾つもの深い谷を渡り
幾つもの烈風の尾根を越える
だが頂上はなお遠く
さらに深い谷が
さらに氷った尾根が

荒れ狂う吹雪が
身をちぎる寒風が
行く手をはばんでくる

だが行こう
しっかりと大地を踏みしめて
一歩一歩たゆむことなく
力をふりしぼって
苦難に耐えながら
いつかは到達するであろう
あのはるかに輝く頂目指して

三峡

―揚子江を下る船上にて―

何人が作りしか
長江の果てなき流れ
無限の水を湛え
無窮の時を刻む

水流、山深く貫くところ
岩、千里の壁となり
舟人ただ流れのままに

仰ぎ見てため息を洩らす

稜線、川霧に溶け
おぼろに水に沈む
山、霧煙に層を重ね
果てなく彼方に浮かびくる

水、流れるままに
峡谷いよいよ深く
岩は岩を積み
絶壁は絶壁を重ねる

岩峰万を連ね
千の滝岩を這う

頂さらに奇をなし
ついに天を従えんとす

風急にして波を躍らせ
陽白く川面にきらめき
鳥声高く両岸にこだまする時
景観の美ここに極まる

解放

真っ青に晴れた空に
号砲が轟き
民衆の歓喜の声が聞こえる
「万歳！」
「万歳！」

侵略と圧制に耐えた
祖国よ山よ川よ
血と汗をささげた戦士たちよ

今自由は俺たちのものだ
今自由は俺たちのものだ

落日

落日赤き丘の上
打ち捨てられし城跡の
何を語るか蔦の這う
崩れし石垣朽ちし門

戦雲の野に騎馬武者の
覇を競いしはいつの世か
栄華の城は既に無く
荒れにし道に草深し

何処《いずこ》へ

はてもなき荒野の
どこまでも続く一本の道
赤茶けた土の上を
踏みしめし足跡の
何処より来たりて
何処へと去り行くか
一夜の宿の窓辺に
月が語りかける
何を求めてさまようのか

星が問いかける
何を探してさすらうのか
雨に打たれ
風に吹かれ
陽に晒され
霜に凍る
荒野のこの道を
一人孤独にたどり行く
はてなき旅の
明日は何処へ

第三章

随想

四季徒然

テレビの6チャンネル（TBS）で、「プレバト!!」というバラエティー番組をやっている。その中に俳句教室がある。といっても、「良い」作品をほめるだけのNHKと違って、駄目な作品も容赦なくけなすという番組である。「お題」にそって俳句を作るのはタレントの九人で、作品を点数付きで評価するのは、毒舌もかなりの夏井いつきという俳人である。タレントの作った句を「才能アリ」「凡人」「才能ナシ」の三ランクに分けて、「才能アリ」の作品はほめ、「凡人」と「才能ナシ」の作品は遠慮なくけなして、目の前で駄目な部分を添削してしまうので、「才能ナシ」になったタレントは大変であるが、しかし聞いていると、毒舌にも「なるほど」と納得してしまうから、さすがプロといったところである。

いつだったか、菜の花と桜が満開の中を列車が南房総に向かって走っている写真を取り上げて、この写真からの連想を詠めというお題があった。タレント九人の作った句は、「プロレベル」から「ど素人風」までいろいろだったが、それならばと自分でも挑戦してみた。最初に思い浮かんだのが、

房総へと続く線路に春爛漫

という句である。しかし何だか平板なので、

房総へと線路も匂うよ春爛漫

としてみた。〝春は鉄までも匂う〟ということからの連想である。しかしもう一ついいかどうか分からない。そこで今度は心的な風景を入れてみて、

夢のせて走る車窓に春爛漫

としてみたが、〝夢のせて〟がどうも月並みな感じで、ここは〝明日〟にしたほうが良さそうである。

あしたへと走る車窓に春爛漫

しかしこうなってみると、最初に戻って、

あしたへと続く線路に春爛漫

とすれば、まだ感じが出ていそうである。しかしこんな調子でやっているときりがないので、春は終わりにして夏の句にも挑戦してみることにした。

お題はないので、夏の情景を想像してみる。初夏、盛夏、晩夏とそれぞれ違っているが、清少納言も「夏は夜」と言ってるし、ここは涼しい風が風鈴を鳴らしてふっと吹き抜ける晩夏の宵をイメージして、

チリリンと風鈴ひとつ宵の風

などは、どうであろうか。

となると、次は秋ということになるが、イメージとしてはやはり、「もの思う秋、感傷の秋」ということになるであろうか。秋は詩にもさまざまに歌われていて、参考になる作品も豊富なのだが、中でもたとえば上田敏の『海潮音』の中の「秋」は、感傷を描いた名品であろう。

秋　　オイゲン・クロアサン

けふつくづくと眺むれば
悲《かなしみ》の色口《いろくち》にあり
たれもつらくはあたらぬを
なぜに心の悲める

秋風《あきかぜ》わたる青木立《あをこだち》
葉なみふるひて地にしきぬ
きみが心のわかき夢
秋の葉となり落ちにけむ

上田敏『海潮音』新潮文庫

また、心に深く刻み込まれたものが、思い出となって甦ってくる秋ということでは、中原中也の「含羞《はぢらひ》」を思い浮かべる。

含羞

―在りし日の歌―

なにゆえに　こころかくは羞《は》ぢらふ
秋　風白き日の山かげなりき
椎の枯葉の落窪に
幹々は　いやにおとなびたちゐたり

枝々の　拱みあはすあたりかなしげの
空は死児等の亡霊にみち　まばたきぬ
をりしもかなた野のうへは
あすとらかんのあはひ縫ふ　古代の象の　夢なりき

椎の枯葉の落窪に

幹々は　いやにおとなびたちゐたり
その日　その幹の隙《ひま》　睦みし瞳
姉らしき色　きみはありにし

その日　その幹の隙　睦みし瞳
姉らしき色　きみはありにし
あゝ！　過ぎし日の仄燃《ほの》えあざやぐをりをりは
わが心　なにゆゑに　なにゆゑにかくは羞ぢらふ

「中原中也詩集」岩波文庫

この「あゝ！　過ぎし日の仄燃《ほの》えあざやぐをりをりは」という表現は、詩的表現の一つの極致のようにも思えるのだが、そこでそれにならって、

過ぎし事ふとあざやぎて秋深し

最後は冬の句ということになるが、啄木の『一握の砂』の中に、冬の月を詠んだものがある。

しらしらと氷かがやき
千鳥なく
釧路《くしろ》の海の冬の月かな

この冬の月ということで思い出すのが、イギリス民謡の「とうだいもり」という歌である。音楽の教科書にも載っていたので、ご存じの方も多いと思われるが、一番の歌詞は、

こおれる月かげ　空にさえて
真冬の荒波　よする小島
おもえよ　とうだいまもる人の
とうときやさしき　愛の心

である。そこで真冬の北の地に打ち寄せる荒波と、その上にこうこうと冴え渡るよ

うな月の光をイメージして、

荒海に白刃の光冬の月

原曲と反対になった歌あれこれ

「カチューシャ」はご存じのように、戦後、「うたごえ運動」の代表的な曲として歌われてきたロシア民謡である。

一
りんごの花ほころび
川面にかすみたち
君なき里にも
春はしのびよりぬ
君なき里にも
春はしのびよりぬ

作詞　関　鑑子・丘灯至夫

という抒情的な歌詞が四番まで続き（四番は一番のくり返し）、メロディーも哀愁を帯びた情感漂う美しい曲である。ところがある時（十数年前になるが）、カラオケで歌ってみようとしたら、抒情とは縁遠いアップテンポのメロディーが流れてきた。カチューシャという呼び名は、トルストイの『復活』のヒロインの名前で有名だが、日本で言えば花子とか陽子といったところである。しかしロシアではロケット砲をカチューシャという愛称で呼んでいて、実は「カチューシャ」という曲は抒情を歌ったものではなく、断崖の上から敵に向かってロケット砲を撃てという、戦いを歌った曲だとも言われているのである。

幾つか聴いていると、確かに二通りの歌い方がされていて、女性コーラスで歌われているのは抒情的なメロディーなのだが、たとえばボニージャックスの「カチューシャ」を聴くと、勇ましい、それこそ敵に向かってロケット砲を撃てというような感じのメロディーになっている。つまりこちらのほうが原曲に近い歌い方となるらしいのである。しかし本当にそうなのかとなると、微妙でもある。原曲の歌詞はイサコフスキーの詩で、一番は、

りんごとなしの花が咲き
かわもに霧が流れてゆく
カチューシャは岸べに出た
たかいきりたつ岸のうえ

四番は（二、三番略）

兵士よあの娘をおもい出せ
あの歌声に耳をかたむけろ
兵士よ祖国の土地をまもれ
カチューシャは愛をまもりぬくのだ

となっている。どうもこの「きりたつ岸のうえ」とか、「兵士よ祖国の土地をまもれ」といったフレーズから、「カチューシャ」がロケット砲の意味だとされているようなのである。しかし詩全体を見ると、国境警備隊の兵士と故郷にいる恋人との純愛を描いているものとして読める。つまり「カチューシャ」が娘なのかロケット砲なのかあいまいなので、ならばロシアで「カチューシャ」がどんなふうに歌われているのかと思って、「国立モスクワ合唱団」の歌うロシア語の「カチューシャ」を聴いてみた。結論から言うと、ロケット砲を撃てというような感じには聴こえなかった。しかし情感のあふれる曲になっているかというと、ロシア的情感と日本的情感の違いがあるのか、こちらもよく分からない。それにこの「モスクワ合唱団」の歌い方が正しいのかどうかも分からないので、「カチューシャ」を、「日本に入った時に原曲とは反対の意味で歌われるようになった曲」だとするのは、今ひとつどうかという感じもするのである。

それならばというわけでもないのだが、ロシアから日本に入った時に、正真正銘、反対の歌になったのが「トロイカ」である。

一　雪の白樺並木
夕日が映える
走れトロイカほがらかに

鈴の音高く

二　響け若人の歌
高鳴れバイヤン
走れトロイカ軽やかに
粉雪けって

訳詞　楽団カチューシャ

という歌詞と共に（三番略）、楽しく弾むようなメロディーが続いてゆく。しかし原曲は悲哀と嘆きを歌った、重く響き渡るメロディーの曲である。原詩は貧しい郵便トロイカの御者が客に向かって、「だんな、聞いてください、お金がないために恋人を地主に取られてしまったんです」と、涙ながらに語りかける内容で、次のような訳詞となっている。

一　走るトロイカひとつ雪のヴォルガに沿い

はやる馬のたずなとる駁者の歌悲し

二　何をなげく若者たずねる年寄り
何故にお前は悲しむ悩みはいづこに

三　去年のことだよおやじ好きになったのは
そこへ地主の奴めが横ヤリを入れた

四　クリスマスも近いがあの娘は嫁に行く
金につられて行くならろくな目にあわぬ

五　むち持つ手で涙を駁者はおしかくし
これでは世も末だと悲しくつぶやく

訳詞　東大音感合唱団

この原詩のほうで歌われる場合もあり、その場合は原曲のメロディーとなるのだが、ではなぜこの重く響き渡るメロディーの歌詞が、正反対の明るく楽し気な歌詞になったのであろうか。実は別の曲と取り違えたのである。

この〝雪の白樺並木……〟という歌詞は、本来の「トロイカ」（正式には「郵便トロイカは走る」という曲である）ではなく、別の「トロイカは走り、トロイカは翔ぶ」という曲の訳詞であり、それが間違って「トロイカ」の訳詞とされて、そのまま定着してしまったのである。それで、歌詞に合わせて原曲の重々しいメロディーをアップテンポにしたら、あの明るい弾むようなメロディーになったというわけである。つまり同じメロディーを全く別のものに解釈してしまったわけで、いわば日本的感性のなせる業《わざ》とでもいったところであろう。

一　吹けそよそよ吹け春風よ

同じく日本的感性でメロディーを正反対の意味に解釈したものが、「春風」である。

吹け春風吹け柳の糸に
吹けよ吹け春風よ
やよ春風吹け
そよそよ吹けよ

作詞　加藤義清

確か昔の音楽の教科書にものっていたと思うが、春にあこがれるさわやかな歌といった感じのする曲である。ところがフォスターの作曲した原曲は全く違うもので、主人を亡くした奴隷たちの悲しみと嘆きを歌った曲なのである。メロディーも重々しく沈んだものとなっており、原詩の題も「主人は冷たい土の中に」となっていて、その内容も（参考・山上路夫訳）「牧場をながれる黒人たちの　悲しい歌声いつまでも続く。やさしいだんなは、おいらを残して一人で逝った。仕事など手につかない。だんなは冷たい土に眠った」というもので、とても「春風」という感じのメロディーではないのである。しかし歌ってみると案外この「春風」の歌詞で歌えるから不思議である。これも歌詞をつけた人（加藤義清）の感性のなせる業と言えるのであろう。

そういう点で言えば、イングランドの民謡を代表する「グリーンスリーヴス」も、さまざまな歌詞がつけられて、正反対の意味の内容でも歌われている曲である。原曲は哀感を帯びたメロディーの悲恋を歌ったもので、日本では門馬直衛の、

一　恋人つれなく私を見捨てた
深くも愛した恋しきその人
グリーンスリーブス恋しく
グリーンスリーブスいとしく
グリーンスリーブスわが心
なつかしの君よ

という（二番略）訳詞で歌われるのがポピュラーなようである。

ずっと昔、高校生の時に、同級生が歌唱指導して、クラスの中で「グリーンスリーヴス」を歌っていたことがある。しかしその時の歌詞は、

一　緑の並木によよそ風吹く頃

わたしのおもいも緑に揺れる
あなたと共に語る日近いと
そよ風は今日も
ささやいて過ぎていった

というものだった。それで「グリーンスリーヴス」は、待ちわびる思いをそよ風に託して歌った、緑の季節にふさわしい曲だとばかり思っていたのである。実際この歌詞で歌ってみてもメロディーはしっくりくる。悲恋の歌をこんなふうに解釈したのも日本的感性ということであろう。ちなみに、こちらは平井多美子の作詞ということである。

表現考

二年前だったか、三年前だったか、数年前だったか、もう忘れたが、某テレビのクイズ番組に、プロの作家五人が回答者として出演したことがあった。ところがである。せっかくの機会だからというわけでもなかろうが、途中で司会者がその五人に、「古池や蛙飛び込む水の音」を引き合いに出して、「静けさ」を一行で表現した文を作ってくださいという出題をしたのである。もちろんこれはクイズではなく、純粋に作家としての腕を競ってもらおうというものであった。

ちょっとばかり期待したのだが、特別これというできばえのものはなかったので、みなさんがどんなふうに表現していたかは、もう忘れてしまった。唯一印象に残ったのが、某流行女流作家の品のない表現で、その品のなさ故に、その文言だけは、気分と意志に反して未だに記憶の隅に半分ほど残っている（ここでは書きませんが）。

たとえば、「水面に広がる波紋の音が聞こえてくる」というような表現でもあれば、なるほどと思ったかもしれないのだが、月夜の浜辺でも歩きながら考えるのならまだしも、スタジオの中で、それもわずかな時間に気のきいた文学的表現を作り出すとなると、たとえシェークスピアが出演していたって、なかなかに難しいものがあったことは確かであろう。

それで、この「静けさ」というテーマで思い出したのが、二つの作品だった。一つは三好達治の、

太郎を眠らせ、太郎の屋根に雪ふりつむ。
次郎を眠らせ、次郎の屋根に雪ふりつむ。

という詩「雪」で、これは雪の持つイメージがそのまま静けさを表現している——つまり静かなものによる「静けさ」の表現である。ところがもう一つは芭蕉の俳句

閑かさや岩にしみ入る蝉の声

で、この句で芭蕉は、あろうことか、「静けさ」を激しく鳴く蝉の声によって表現してしまうのである。つまり騒音による「静けさ」の表現である。この転倒を直接的

に引き起こしてくるのは、「岩にしみ入る」という中の句の絶妙な表現なのだが、全体を取ってみれば、その転倒を可能にしているのは、もちろん文脈ということになるわけである。

言葉というのは、それ単独では一つの意味を持つだけなのだが（兼用語を除いて）、文脈の中に置かれるとさまざまな意味を持ってくるわけで、たとえば「花」は「花」だが、「花のように美しい」と表現されると、途端に花が別の意味を持ってしまうわけである。それどころか、たとえば森進一が「盛り場ブルース」で、

路地のひかげの小石でも
いつか誰かが拾ってくれる

と歌うと、小石という言葉に生命までが宿ってしまうのである。

つまり、言葉の多様性も、言葉の生命も、文脈によって作り出されてくるわけなのだが、その一方で、もし意味のない文脈や、形ばかりの文脈や、つながりを失った文脈の中に置かれると、言葉も薄めたスープみたいになったり、息をしない言葉になったりして、文章を退屈なものにしたり、やせて貧しいものにしたりしてしまうわけで

ある。

「一流の作家の文章には無駄がないが、二流の作家の文章には無駄しかない」という言葉は、いわばそうした文脈の中での言葉の描かれ方の生き死にを述べたものであろうが、確かに名作と全然そうでない作品を比べると、違いはまず文章に現れてくると思うのである。「文学とはまず文章なり」であって、形容詞を重ねるくらいならまだしも、一行で済む表現に十行もかけたり、十行で済む表現に一ページもかけたりしている文章を読むと、実際のところ、興味よりもまず辛抱のほうが先に立ってしまうのである。

そういう点でいえば、芥川龍之介の文章はやはり素晴らしいと思うのだが、並の作家が十行で表現するものを、芥川は一行で表現してしまうと、読んでいて感じるのである。

思うに、そうした文章の力というのは、言葉と言葉が調和しながらせめぎ合い、せめぎ合いながら調和するところに生まれてくるのであろうが、もちろん文学に限らず、たとえば音と音との調和とせめぎ合いが、音の連なりを音楽にし、色彩と色彩の調和とせめぎ合いが、色の集まりを絵画にするわけで、そこに表現のさまざまな可能性もまたひそんでいると思うのである。その最高の形態としてあるのが芸術であろう。

表現するということは、内面にあるもの（内容）に一定の形式を与えることなのだが、芸術はその内容と形式が調和しながらせめぎ合い、せめぎ合いながら調和するその非妥協性が、一つの到達点に達した時に生み出されるものなのであろう。一方でそこに迎合や妥協が入り込んでくると、今度は俗への拝跪が始まってしまうのだが、昨今の文学作品は、文学の香りのするものや、表現の深さを感じさせるものが、それにしてもあまりに少なすぎはしないであろうか。